ROAR AND MORE

by Karla Kuskin

HARPER & ROW, PUBLISHERS

ROAR AND MORE

Copyright © 1956, 1990 by Karla Kuskin
Printed in the U.S.A. All rights reserved.
1 2 3 4 5 6 7 8 9 10
New Edition

Library of Congress Cataloging-in-Publication Data
Kuskin, Karla.
  Roar and more

  "A Harper trophy book."
  Summary: Rhyming text presents the behavior and
noises of animals such as the lion, snake, and kangaroo.
  [1. Animals—Fiction.   2. Animal sounds—Fiction.
3. Stories in rhyme]   I. Title.
PZ8.3.K96Ro 1990   [E]   89-15650
ISBN 0-06-443244-0
ISBN 0-06-023619-1 (lib. bdg.)

ROAR AND MORE

If a lion comes to visit
Don't open your door
Just firmly ask "What is it?"
And listen to him roar.

The elephant's nose makes a very good hose

Or maybe a holder for flowers.

It can snore, it can croon

Or trumpet a tune.

It has most remarkable powers.

HO O O OOOO

OOOOOONK

This is a tiger
Striped with black.
You snarl at him
And he'll snarl back.

The snake is long

The snake is thin

And every year he sheds his skin.

And every year his skin is new.

I cannot say the same

Can you?

H S S S S S S s s s s s s s s s s s s s

ſ ſ ſ ſ ſ ſ ſ ſ ſ ſ ſ ſ ſ ſ ſ ſ ſ ſ

This animal is a kangaroo.
Well that's not true
She's really two.
One is the Mother
The other is small
Together they run and hop and fall.
Together they wiggle their tails and jump
With millions of noises like wump thrimp thrump.

THUD

thwamp

bump

Wam

thump

Fishes are finny.

Fishes are funny.

They don't go dancing.

They don't make money.

They live under water.

They don't have troubles.

And when they talk

It looks like bubbles.

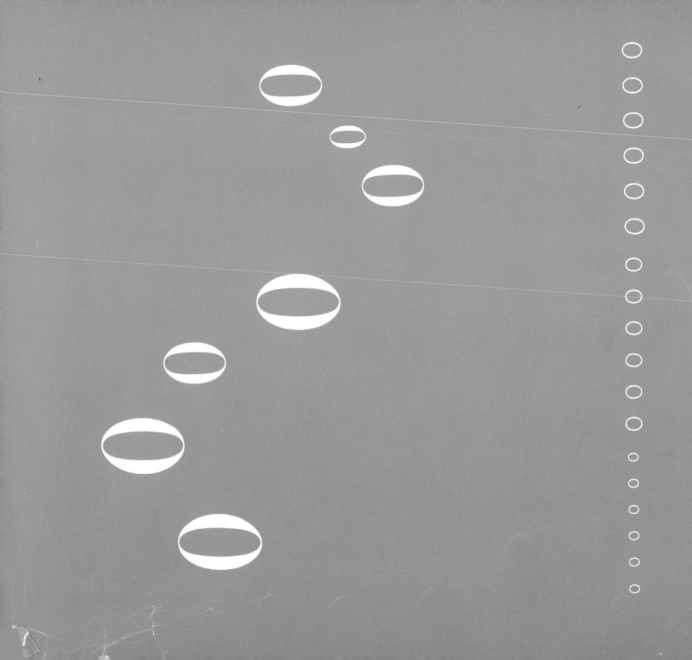

Fish is the wish
Of the cat on the mat.
Or maybe his dream
Is catnip and cream.

PRRRRRRRRRRRRRRRRRRRRRRRRRrrrrrrrrrrrrrrrrrrrrrrrrrrrrrrr

rrrp

The dog has many doggy friends
Who meet him in the park.
They skip on stones
And hunt for bones
And bark and bark and bark.

yap **YAP** yip yip

YAP

WOOF

urf

ARF

GRR

BARK

GRR

bark

rrrRR

BARK

ROWF

YARF

bark BARK

BARK

yip   yap   YAP   YAP

Bow Wow   ROWF

yip

urf

ARF   GRRROWF

The bee will choose to spend his hours
Sitting on the ferns and flowers.
So his hair gets full of honey
And his feet get full of fuzz
And his wings when he is flying
Make a fuzzing sort of buzz.

BMMMM Mmmmmmmmmmmmmzzzzzzzzzmzzzzzzzzz

ZZZzmmmmmmzzzzzzbzzzz

Bzzzzzzzz zz Bzzzzzzzzzz **Bzzzz** zmmmmmmmmmmmmmmmmmmmmmmmmmmmmmmmmzz

The mouse runs up the halls

And down the halls

And into walls

And out of walls

He runs most anywhere he pleases

Searching for delicious cheeses.

EEEP

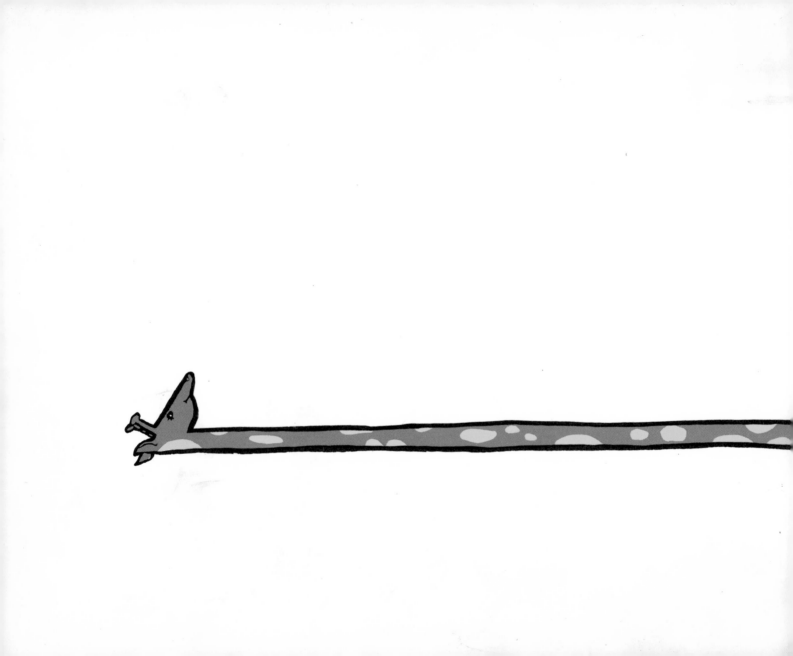

Giraffes don't huff
Or hoot or howl.
They never grump,
They never growl.
They never roar,
They never riot,
They eat green leaves
And just keep quiet.

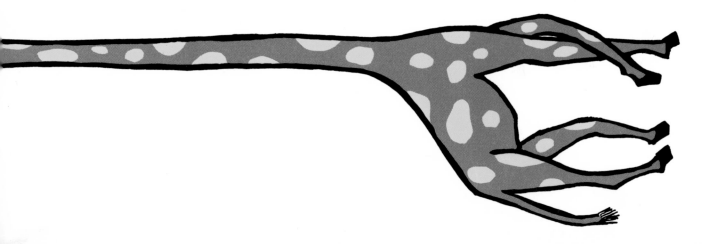

Le sens
de la vie

Direction éditoriale : Céline Charvet
Direction artistique : Jean-François Saada

© Éditions Nathan (Paris), 2009
ISBN : 978-2-09-252113-7
N° d'éditeur : 10166686

Oscar Brenifier
Jacques Després

Le sens
de la vie

On peut avoir du sens de la vie
des idées très différentes, et même opposées...

Certains pensent
que la vie a plus de sens
quand elle est bien remplie,
quand on possède
plein de choses.

D'autres croient
que la vie a plus de sens
lorsqu'il n'y a rien
pour l'encombrer.

Certains pensent
que la vie a plus de sens
quand on est très occupé,
quand on a de nombreuses activités.

D'autres trouvent que la vie
a du sens uniquement
quand on ne fait rien du tout,
quand on contemple tranquillement
la vie qui s'écoule.

Certains pensent que la vie,
c'est accepter qu'elle puisse réserver
des souffrances
et affronter les difficultés.

D'autres croient
que la vie,
c'est fuir les problèmes
et toujours chercher
à se faire plaisir.

Certains pensent que la vie,
c'est avoir un travail pour gagner sa vie
et trouver une place dans la société.

D'autres croient que l'on gaspille sa vie
en faisant trop d'efforts,
qu'on perd son temps en travaillant.

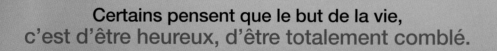

Certains pensent que le but de la vie,
c'est d'être heureux, d'être totalement comblé.

D'autres considèrent
que le sens de la vie réside dans les bonnes actions,
car le bonheur doit se mériter.

Certains pensent que le sens de la vie,
c'est jouer tout le temps, c'est s'amuser de tout.

D'autres croient que le sens de la vie, c'est savoir s'engager, car elle est une affaire sérieuse.

Certains croient
qu'on vit pour les autres,
pour les aimer
et les choyer.

D'autres pensent
que les autres à force
nous dérangent,
car c'est en nous-mêmes
que se trouve
le sens de notre vie.

Certains croient que la vie
est une chose précieuse,
qu'il faut tout faire
pour la préserver.

D'autres pensent
que la vie compte moins
que les grands idéaux,
comme la liberté ou la vérité.

Certains pensent que l'on vit mieux
si l'on oublie la mort,
si l'on ne pense pas aux choses tristes.

D'autres croient que pour saisir le sens de la vie,
il faut garder en tête qu'elle est fragile,
qu'elle ne durera pas toujours.

Certains pensent que le sens de la vie,
c'est chercher à réaliser son rêve,
aussi fou soit-il.

D'autres croient que le sens de la vie, c'est savoir accepter la réalité comme elle est, **prendre chaque jour comme il vient.**

Certains pensent que le sens de la vie,
c'est faire ce que l'on veut,
aller où bon nous semble.

D'autres croient que la vie
c'est obéir à des règles,
c'est être responsable.

Certains pensent
que la vie est ennuyeuse,
que rien ne change
et qu'on fait toujours
la même chose.

D'autres trouvent
que la vie est excitante,
**qu'elle est pleine
de surprises**
et qu'on peut tout inventer.

et toi ?

Oscar Brenifier. Docteur en philosophie et formateur, il a travaillé dans de nombreux pays
pour promouvoir les ateliers de philosophie pour les adultes et la pratique philosophique pour les enfants.
Il a déjà publié pour les adolescents la collection « L'apprenti-philosophe » (Nathan)
et l'ouvrage *Questions de logiques* (Le Seuil), pour les enfants la collection « PhiloZenfants » (Nathan),
traduite dans de nombreuses langues, et « Les petits albums de philosophie » (Autrement), ainsi que des manuels
pour enseignants, *Enseigner par le débat* (CRDP) et *La pratique de la philosophie à l'école primaire* (Sedrap).
Il est l'un des auteurs du rapport de l'Unesco sur la philosophie dans le monde : *La philosophie, une école de liberté.*
www.brenifier.com

Jacques Després. Jacques Després intègre les Beaux-Arts en 1985. Au début des années 1990,
il décide de se tourner vers un nouveau médium, encore balbutiant : l'imagerie virtuelle. Ce choix l'amène à travailler
dans des domaines aussi variés que le film documentaire, le jeu vidéo, l'architecture et la scénographie.
Aujourd'hui, Jacques Després est illustrateur et poursuit sa réflexion sur l'espace, le corps, la lumière
en explorant les rapports singuliers que les mots peuvent avoir avec les images.
www.jacquesdespres.eu

Le livre des grands contraires philosophiques, leur première collaboration,
a été récompensé par le *Prix de la presse des jeunes 2008,* le *Prix Jeunesse France Télévision 2008*
et le prix *La Science se Livre 2009.* Il a été traduit dans dix-huit langues.

Fabrication : Céline Premel-Cabic
Photogravure : Nord Compo
Achevé d'imprimer en France par Pollina en janvier 2010 - n°L52795.

Dépôt légal : février 2010
En application de la loi n° 49-956 du 16 juillet 1949
sur les publications destinées à la jeunesse.